내 마음의 비밀
16가지

마음 생각

곽호순 글 · 봄울 그림

몰개

우리 마음속 날개의 꿈

마음보는 일을 하면서 살아온 세월이 40년 가까워져 간다. 그 세월 동안 많은 마음들을 만났다. 그러나 아직도 내가 그 마음들이 나타내려고 하는 의미를 조금이라도 짐작할 재주가 있는지 의문이다.

마음은 다가가면 물러나고 조금 아는 체를 하면 문을 안에서 걸어 잠근다. 마음은 고집이 센 자물통 같았고 손닿지 않는 거리를 유지해야 모습을 보여주는 무지개 같았다. 때로는 바람이 불면 길고 약한 풀잎처럼 그냥 누울 줄만 알았다. 드러나는 마음과 안에 깊숙이 존재하는 마음이 서로 달라 보였지만 어느한 줄에 묶여 있기도 했다. 어떤 마음은 추석 전날 새 신발을 얻어 가슴에 품고 아침을 기다리는 행복에 젖어 있었고, 어떤 마음은 어두운 문 밖에서 어린 두 손을 모으고 떨고 있기도 했다. 마음은 대부분 약하지만 어떤 상황에서는 무서운 힘을 발휘하기도 했다. 어떤 마음은 힘든 감정을 멀리 두지 못하고 언제나 가까이 두면서 또 힘들어 했다. 마음은 현재의 것이 아니고 과거의 것이었고 언제나 덜 자란 어린애 같았다. 내가 아는 마음들은 이런 것들이었다.

처음에는 이런 마음들이 참 이상했다. 그 마음을 알고 싶어서 조급해했고 서둘렀다. 그래서 마음을 알고자 나를 먼저 내세웠고 내 마음이 먼저 가서 자리를 잡고 있었다. 그러면 그 마음은 가려지고 숨어 버린다는 것을 알게 되기까지 참 많은 시간이 필요했다. 이제 듣는다. 그의 마음을 알기 위해서는 그의 마음을 먼저 듣는다. 그리고 마음을 알고 싶어서 거울이 되어 비춘다. 더 보태지 않고 그의 마음을 있는 그대로 비추어 주면 그가 스스로 자기 마음을 열고 자기 마음을 알고 성숙해져 간다는 것을 깨닫게 되었다. 비로소 마음을 조금 이해하게 되었다.

애벌레가 자기 안의 것으로 실을 뽑아 제 몸을 둘러싸고 고치가 되듯이 우리 마음도 그와 같다. 우리는 마음의 고치 안에 미움과 사랑과 원망과 두려움을 품고 살아가고 있는 것이다. 고치가 단단한 것은 내 안에서 나를 견디고자 함이다. 그 안에서

나 아닌 다른 내가 되고자 함이다. 그 고치 안에서 외로움을 견디며 겨울의 강을 건널 수 있는 힘은 바로 날개의 꿈을 가졌기 때문이다. 내가 나를 이겨 내어 다른 나로 변화할 수 있는 이유는 바로 날개의 꿈을 가졌기 때문이다. 이 날개의 꿈은 모든 어려운 감정을 이겨 내어 비로소 내가 되도록 해 주는 힘이다. 이 날개의 꿈을 가진 마음들에게 이 책을 바친다.

여기 그렇게 해서 조금은 알게 된 마음들을 펴내 본다. 이렇게 펴내 보니 이들이 다 내 마음이었다는 것을 알게 되어서 그것도 놀라웠다. 내가 펴내 보고자 했던 이런 마음들을 그림으로 표현을 해주신 봄울님에게 고마움을 느낀다.

앞으로도 나는 계속 마음을 만나는 일을 할 것이다. 마음을 만나는 일을 계속할 것이라고 그렇게 다짐을 하고 나니 이 나이에도 아직 설렌다. 아직도 설레는 까닭은 내 마음속에 여전히 날개의 꿈이 남아 있어서 그런 것이 아닐까? 그래서 그런 것 같다고 혼자 생각을 해보고는 흐뭇해한다.

2024년 봄
곽호순

차례

2부 꽃을 보듯 너를 볼게

1부

내 마음을 보듬어 줘

마음의 비밀

누군가를 사랑하면 우울해지지 않아요

당신의 마음을 가만히 바라봅니다
어디 상처는 없는지 가시가 돋지는 않았는지

그러고는 토닥토닥 응원합니다
"괜찮아, 곧 좋아질 거야"

"겨우내 움츠리고 있느라 힘들었지?"

"우리 마음에도 연둣빛 약속의 봄이 올 거야"

마음이 우울할 때면
우울을 마음 속 깊은 곳에다 구겨 넣어 두지 말고 꺼내 봅시다

그래서 매화꽃 가득 핀 봄 뜨락에 내어 놓고
환한 햇볕에 말려보는 겁니다

산목련 가지런히 핀 오솔길을 걸어도 좋겠고
복수초나 산수유 핀 들길을 걸어도 좋아요

찬찬히 둘러보면 제비꽃은 지천이어서
당신의 우울한 마음을 잘 돌봐줄 겁니다

게다가 누군가를 사랑하는 비밀 하나쯤 꼭 붙들고 있다면
우울은 나아집니다

우울은 슬픈 배경을 먹고 자라거든요

대추 한 알이라도 저절로 붉어질 리 없다고 어느 시인이 가르쳐줬습니다

그 안에 천둥 몇 개 벼락 몇 개 당연히 들어 있다고 말이지요

그러니까 사람 마음 하나 익어가기 위해서는
또 얼마나 많은 쓴맛과 넘어짐과 구겨짐이 필요하겠어요

19

그러니 어제 비 오고 오늘 바람 부는 덕분에
내 마음이 잘 익어 가는 것이려니 해볼까요

이 비바람과 어려움을 견뎌내고 나면 붉게 잘 익은 마음을 약속합니다

마음과 친구하기

멀리하려고 할수록 자꾸 다가오는 그대

외로울 때면

외로움과 친해져보는 건 어떤가요?

외로움은 멀리하려고 할수록 자꾸 다가와 손짓하니까

아예 친구 삼아버리는 거죠

해거름에 마을버스 정류장까지 같이 가보는 겁니다

기다리는 누군가 버스에서 내리면 좋고,

내리지 않으면 또 어때요

기다리는 사람은 늘 제때 오지 않잖아요

두어 대 버스 지나가면 비로소 어스름이 찾아오겠지요

산 그림자 발목에 감겨 집으로 돌아오는 길
그때 외로움이 같이 동무해주면 좋잖아요

외로움과 당당히 마주 앉아 보는 겁니다

외로움과 친해진다면 더 이상 외롭지 않을 겁니다
마음먹기 나름이니까요

마음에 봄이 오면

산다는 건 누군가의 어깨를 빌리거나
누군가에게 어깨를 내어주는 것

내 생각은 내 것이라
내 마음대로 할 수 있을 것 같은데
실은 그렇지 않다는 게 참 이상하죠

외로움
우울함

마치 하늘을 나는 연들은
모두 자유로워 보이지만
다들 연줄에 매여 있는 것처럼

우리들 생각도 각자의 연줄에 매여 있는 겁니다

자기를 얽매고 있는 연줄이 어떤 것인지를 자세히 살필 수 있다면
그 사람은 성숙하는 방법을 배우는 것이지요

그렇다면 그 연줄에서 좀 더 자유로워질 수 있고요

누군가가 밟고 지나가 마음에 상처가 생겼대도 슬퍼 울지 말아요

당신의 마음이 촉촉하게 젖어 있었기 때문에 상처가 생긴 게니까요

봄이 오면 촉촉한 땅에 푸른 이끼가 잘 자라듯
당신의 상처 난 마음에도 분명 새살이 돋을 겁니다

남들보다 더 빨리 잘 돋을 겁니다

산다는 건 누군가의 어깨를 빌리는 것이고,
누군가에게 어깨를 내어주는 것이지요.
사랑하는 마음은 그에게로 가서 그림자가 되어주는 것이고
그의 배경으로 있어주는 것이죠.

그래서 드러나지 않는다고 슬퍼할 일은 아니지요
당신을 사랑하는 사람들이 당신에게 기꺼이 그렇게 되어주듯
그 배경에도 당신이 있는 것이니까요

오늘 대화가 우울하고 힘든 당신에게
작은 도움이라도 되었으면 해요

마음을 가만히 들여다보면 분명히 마음의 봄은 옵니다

모든 마음에 봄이 왔으면 합니다

마음의 핑계

우리에게 가장 아름다운 날은 바로 내일

이루어지는 모든 일에는 다 이유가 있습니다

어느 날 아침잠에서 깨어난 그대 앞에 꽃이 피어 있다면
그 꽃이 핀 것에도 이유가 있을 겁니다

겨우내 팔짱 끼고 있던 햇살이
분명 봄 소식을 전했을 것이고

남쪽 산을 넘어온 포근한 바람이
겨울 이불을 걷어주고

가까운 새소리가 이름을 불러주는 덕분에 꽃이 피었을 겁니다

어느 밤 당신이 잠든 동안에 꽃이 진다면

그 꽃이 지는 것에도 분명 이유가 있을 겁니다

그 꽃은 지지만
씨방 속엔 분명 작고 단단한 씨앗을 품었을 겁니다

그러니 꽃이 진다고 슬퍼할 일은 아니지요

사람의 마음이 이루어지는 데에도 다 이유가 있습니다

행복한 사람은 행복할 이유를 찾고

우울한 사람은 우울할 이유를 찾습니다

우울한 마음은
작은 문제도 크게 생각하고 남의 잘못도 자기 탓을 하죠

한 가지 실수도 모든 것을 망친 것으로 생각을 하며
자신을 한없이 밑으로 낮추어 생각을 합니다

이들은 칭찬도 믿지 못하고 비난을 크게 듣습니다

한쪽으로 치우친 생각을 하며 다른 생각을 막아버립니다

이런 생각들은 우울의 틀 속에 나를 가두어 두는
슬픈 생각들입니다

한 과목 시험을 망쳤을 때

라고 생각을 한다면
더 이상의 가능성을
막아버리는 이유를 대는 겁니다

라고 까지 생각을 한다면
절망 속에 나를 밀어 넣는 이유를
더 보태는 것입니다

우울할 이유 말고 건강한 이유를 대봐요

비록 일이 틀어지고 결과가 좋지 못해도
건강한 핑계를 대보는 겁니다

시험 한 과목쯤 망친 것은
'어제는 내가 친구를 만나 너무 놀아서 그래!'
라고 이유를 대면 또 다른 가능성이 열립니다

혹은 내가 출제자 의도를 잘 몰랐어!
라고 스스로를 위로한다면
우리에겐 또 다른 내일이 남게 되겠죠

마음의 씨방에 튼튼한 희망의 씨앗을 품고 내일을 기다리는 방법

건강한 사람의 핑계 방법일 겁니다

우리에게 가장 아름다운 날은 '내일'이고

우리에게는 수많은 내일이 남아 있으니
오늘의 실수에 주저앉지 말아요

마음의 선물

꿈은 마음이 보내는 편지

마음은 매일 밤 우리에게
꿈이라는 근사한 선물을 줍니다

꿈은 마음이 보내는 편지입니다

마음은 깊은 곳에 숨겨둔 사연을
매일 밤 꿈에 실어 보냅니다

마음은 늘 감추고 싶어 하지만

깊은 밤에는 꿈으로 보여주려 합니다

꿈의 편지 한 줄 한 줄이 다 소중한 내 마음입니다

행여 꿈을 건성으로 대하면 마음은 영 묻혀버릴 수도 있습니다

마음은 늘 닫혀 있습니다

스스로 마음의 빗장을 걸고 있죠

그러나 꿈은
마음으로 나 있는 커다란 창문입니다

그 창문은 밤마다 열리지만
마음의 눈이 흐리면 보이지 않습니다

마음의 눈을 환하게 뜨세요
꿈의 창을 통해 내 마음을 만나세요

꿈은 마음의 해방입니다

억눌리고 감추어진 마음은 불안하죠

불안한 마음은 표현하고 싶어 합니다

그래서 꿈으로 드러냅니다

꿈은 모든 가두어진 것으로부터의 해방입니다

꿈으로 마음을 해방시켜주세요
마음의 주름을 펴주세요

꿈은 내가 누리는 특권입니다
내 꿈은 나만 꿉니다

버겁고 힘든 일상을 보내고
비록 거친 장판 위에 누웠지만

그래도 꿈은 꿉니다

황제라도 내 꿈을 빼앗을 수 없죠

매일 밤 꿈으로 행복할 수 있는 것은
내가 누려야 하는 특권입니다

매일 다른 꿈을 꾼다는 건 나만의 비밀입니다

꿈은 손가락 사이로 빠져나가는 모래알입니다

꿈은 붙들려고 해도 새벽안개 속으로 사라집니다

그러나 걱정 말아요
꿈으로 행복했던 기억들

모은 손바닥 안에
조금은 남아 있죠

꿈이 사라지기 전에
작은 다짐이라도 간직한다면

꿈의 약속을 지킬 수 있겠지요

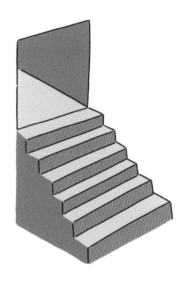

꿈은 마음 속 비밀의 계단입니다

그곳에서 낡고 힘든 기억들을 만날 수 있습니다

피하고 싶어도 그 기억들은
보이지 않는 곳에서 나를 조정합니다

꿈은 두려움 속으로
당당히 걸어 들어갈 수 있는 마음의 갑옷입니다

꿈에서는 다치지 않으니까요

두려운 호랑이 대신 고양이를 만날 수 있습니다

마음의 어둠을 당당히 마주한다면 더 이상 어둡지 않습니다

꿈은 소원을 이루어줍니다

펑-!

꿈에서는 이루지 못할 것이 없습니다

양탄자를 타고
하늘을 날 수도 있고

멀어져간 사랑도 만날 수 있고

원한다면 어느 작은 별의 왕자가 될 수도 있습니다

꿈은 먼 것을 가깝게 만들기도 하고

과거와 현재와 미래를 이어주기도 합니다

때로는 어렵게 얽힌 일이
꿈으로 해결되기도 합니다

현실은 억압 때문에
내 소망의 날개를 접을 때가 많습니다

그러나 꿈에서는 이루어집니다
꿈의 생각은 자유로우니까요

꿈이 소원을 이뤄주므로
그래서 꿈을 꿉니다

이렇듯 매일 밤 꾸는 꿈은
매일 받는 마음의 선물입니다

마음의 색깔

당신의 마음은 무슨 색일까요

마음에도 어울리는 색깔이 있을 겁니다

기분이 우울하고 흥미도 없고 가치 없는 느낌이 드는
'우울증'은 아마 푸른색일 겁니다

맑게 갠 날의 하늘빛 푸른색이 아니라
끝을 모를 깊은 바다의 푸른색 말이죠

가슴이 콩닥거리거나 마음이 초조하고 두려워지는
'불안증'은 붉은색이 어울릴 것 같아요

불안하면 숨이 가빠오고 땀이 나고 긴장이 되니 붉은색이 딱 떠오릅니다

어두운 곳에서 나를 감시하는 느낌과 비난하는 소리가 환청처럼 들리는
'조현병'은 검은색일 겁니다

그래서 관계를 두려워하고 마침내 마음의 빗장을 잠그게 되죠

중요하고 가치있는 것들을 기억에 간직하고 싶어도 쉽게 잊어버리는
망각증은 아마 흰색이겠죠

소중한 추억을 지우개로 지워버려서 텅 빈 것 같은 흰색이 어울립니다

그럼 건강한 마음은 어떤 색일까요?

분명 무지개색일 겁니다

살다보면 때로는 우울하기도 하겠죠

때로는 기분이 좋을 때도 있을 겁니다

불확실한 캄캄한 미래에 두렵기도 하다가

다시 용기를 내어 길을 찾아 나아가는 것

빈손을 바라보며 좌절을 했다가

꼬옥 -

다시 두 주먹을 힘차게 쥐어보는 것

조금은 상처가 나 있기도
구겨지기도
어느 한 귀퉁이 못나 보이기도 하지만

그래도 행복하고 소중한 내 마음
이런 것이 바로 건강한 마음입니다

마음은 이렇게 다양한 것이 정상입니다
완벽한 마음이라는 것은 없으니까요

걱정 말아요
지금 여러분의 다양한 마음은 지극히 정상이니

분명 건강한 무지개색으로 빛날 겁니다

비 갠 날 온 하늘에 걸린 무지개처럼
환하게 빛날 겁니다

마음은 이상해요

숨고 피하고 울고 싶은 어린아이

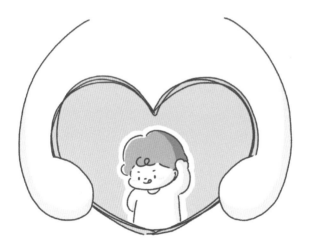

마음은 참 이상한 부분이 많습니다

마음은 일단 숨고 싶어 합니다
드러나는 것이 싫은가봅니다

그러나 장독 뒤에 아무리 꼭꼭 잘 숨어도 머리카락 보이듯이
마음은 쉽게 들킵니다

좋아하는 사람 앞에서는
가슴이 콩닥거리고 얼굴이 화끈거리죠

이불 밖은 위험해...

싫은 사람과의 약속은 늘 꾸물대고 늦습니다
이렇게 마음은 감추려 해도 잘 들통이 납니다

그런데 마음은 들키면 당황스럽고 화가 납니다

그래서 여러 가지 사정을 둘러대고 그럴듯한 이유를 붙여댑니다
마음을 감추고 싶으니까요

마음은 하늘에 날아다니는 연 같습니다

팽팽

자유로워 보이지만 어딘가에 매여 있습니다

막대 줄에 매여 있는 인형 같기도 합니다

그 무엇에 매여 있는 마음
우리는 그 무엇을 핵심감정이라고 합니다

이 핵심감정의 끈으로부터 자유로워지는 것이
마음 성장일 수 있겠죠

마음은 마음대로 하고 싶어 합니다

마음이 원하는 것은 대부분
먹고 싶고 가지고 싶고 하고 싶은 것들입니다

이런 것들을 마음대로 다 할 수 있다면 마음은 흡족하겠지요
그러나 참아야 하는 것들이 수두룩하고
도덕이 우리를 막아섭니다

그래서 마음은 갈등이 생깁니다

이를 해결하는 방법은 사람마다 다르지요
갈등을 해결하는 방법이 성격을 만듭니다

몸은 나이를 먹어 어른이 됩니다

그러나 마음은 아직 덜 자란 어린애입니다

처음 만나도 그냥 좋은 사람이 있죠
그 반대로 싫은 사람도 있습니다

다 마음 속의 아이가 시켜서 하는 행동들입니다

이런 행동들은 자주 불쑥 나타나고
잘 참아지지 않고 잘 바뀌지도 않습니다

모든 마음은 덜 자란 아이를 품고 있습니다

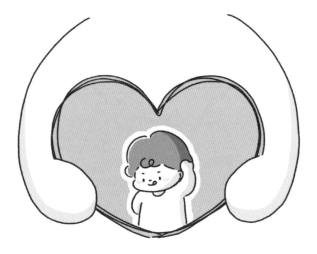

이렇듯 마음은 감추고 싶어 하지만 잘 들키고 자유롭지도 못하죠
마음대로 할 수도 없고 꼭 철 없는 어린아이를 닮았습니다

그러나 나의 마음은 소중해요
내 마음을 버리고 남의 마음을 가질 수 없으니까요

그래서 이렇게 좀 부족하고 구겨지고 덜 익었더라도
이 마음을 잘 채우고 잘 키우고 달래가며 살아가는 것이
바로 인생인가 합니다

마음의 매듭

매어있지 않을 자유에 대하여

황해도 장산곶 갯가 작은 마을에 전해져 내려오는
매에 대한 이야기입니다

조개껍질 같은 작은 지붕마다 각종 건어들이 널려 있었는데
많은 잡새들이 달려들어 피해가 심했어요

어느 날 자태 늠름한 보라매 한 마리가
마을 어귀 해송 굵은 가지에 자리를 틀자
극성이던 잡새들이 자취를 감추었지요

마을 어른들은 그 매가 자랑스럽고 사랑스러워서
'우리 마을을 지키는 매'라는 표시를 하고 싶었답니다

그래서 사람들은 매의 다리에
길고 붉은 색실로 단단히 매듭을 묶어뒀습니다

멀리서도 잘 보여서 다른 매와 구분 짓기 쉬워졌죠

사람들은 좋아했어요

어느 날 마을에 병아리를 노린 커다란 수리 한 마리가 나타났고

그 마을의 매는 수리와 엉켜 한 몸으로 날아올랐어요

살점이 뜯기는 열세 속에서도
참으로 용감히 싸워 수리를 물리친 매는
붉은 표식을 휘날리며 당당히 당솔 나무 가지 위에 내려앉았습니다

그날 밤 피 냄새를 맡은
구렁이 한 마리가
소나무 굵은 가지를 타고 올라갔지만
매는 퍼덕거릴 뿐
날아오르지 않았습니다

매를 아끼는 소년이 나무로 올라갔고 울면서 소리쳤어요

"씰매듭이 나뭇가지에 걸렸어요!"

그랬답니다
내 것을 확인하기 위해 매어둔 매듭이 매를 죽게 만들었습니다 우리는 얼마나 많은 마음의 매듭을 묶어두고 있습니까?

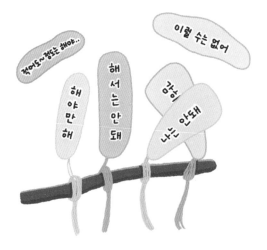

이런 수많은 매듭들을
내 마음에, 남의 마음에 묶어 두고 있지 않나요?

이 많은 매듭들은 화려한 색실이 되어
나의 마음을 나뭇가지에 매어둡니다

그러면 날아오르지 못하고
날갯짓만 퍼득이다 지쳐갈 겁니다

내 마음을 구속하지 마세요

마음은 자유로워야 마음입니다

2부

꽃을 보듯 너를 볼게

마음의 기억상자

내 마음의 그물에 걸려 있는 귀한 것들

온 식구 둘러앉아 커다란 수박 먹다 말고

입 안 가득 감추고 나와서

가만히 수박 씨앗 파묻어 둔 곳

푸푸풉ㅡ!

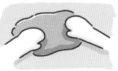

싸리 울타리 팔 뻗어 감아 오르던 나팔꽃 옆자리

나만 아는 그곳

소나기 지나간 후

무지개 뜨면

무지개 끝 사라진 곳이
분명 친구 집 지붕 너머 어디쯤일 거라고

실눈 뜨고 눈짐작으로 찜해둔

나만 찾을 수 있는 그곳

하늘로 연 날리다가

바람에 연 떨어진 자리를

담쟁이 잎 같은 손바닥으로
이마 햇볕 가리고 단단히 봐 둔 곳

꼭 찾아야 하는 나의 방패연

내가 텀벙대다가 흐려진 물 때문에

물풀 사이로 사라진 버들피리

흙탕물이 주저앉기까지 가만히 기다리다

말갛게 비친 친구 얼굴

쳐다보고 웃느라
결국 놓쳐버린 버들피리 숨어있는 곳

술래잡기하다

친구는 가버리고
나만 심심해져

야아~!!!

뒷마당 깊은 우물에 몸 반쯤 걸친 채
괜히 소리 한번 질러 보면

내가 우물을 내려다보는지
우물이 날 쳐다보는지
무서워 침 뱉은 우물 자리

아직도 맑은 물이 고여있는지

겨울바람에 손을 호호 불어가며 구슬을 치다

또로록...

수채구멍으로 빠져버린 아끼던 구슬

세상에 하나뿐인 나의 보배 구슬
먹어버린
그 검은 구멍

아직 그곳에 그대로 있는지

눈 오는 날 그 언덕길
비료 포대 넓게 펴

썰매 탈 사람!!

동무들과 두 발 뻗치고
노루 새끼처럼 쏜살같이 내려오면

바람은 불어도 토끼털 귀마개로
춥지 않던 겨울

올라가는 길은 연탄재 낮게 깔려 있던 기억의 언덕길

갈래머리 땋은 애와 소꿉 살림 살다가

샘난 친구 훼방에
아무렇거나 던져두고 온

둘이 좋아한대요 !!
결혼한대요 !!

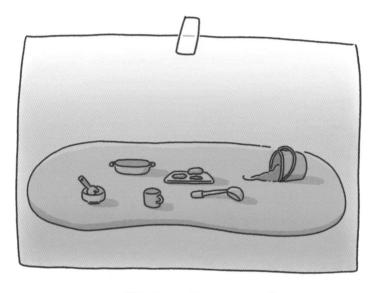

기와 빻은 흙과 사금파리 조각 그릇들

말간 행주로 장독 닦고 있는 엄마 앞치마 붙들고
엿 사달라고 보챌 때

그때 장독 뚜껑을 타고 내려오던 쨍한 가을 햇볕 한줄기

땅따먹기 놀이하면서
고사리손 한 뼘 길이로 그은 금

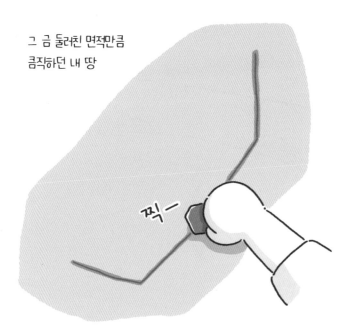

그 금 둘러친 면적만큼
큼직하던 내 땅

찍ㅡ

아직도 그 금 그어져 있는지

배고픈 저녁답이면
길게 나를 부르던 엄마 목소리

~아!
밥 먹자~

그 소리들 아직 그곳에 있는지

잊히지 않고 새겨진 이 기억들은
은빛 비늘을 두르고
푸른 등지느러미 힘차게 저으며

아직도
내 마음속에 남아
헤엄치고 있는데

내 마음의 그물에
아직도 걸려있는 그 귀한 것들을
언제 날 잡아 찾으러 간다고
벼르다 우물쭈물하다

이젠 다 커버렸습니다

마음 물들이기

나는 바람이 되고, 너는 햇살이 되어

물푸레나무의 어린 가지를 곱게 꺾어다가

물에 담가놓아봅니다

곧 그 물은 푸르게 물이 들지요

물이
파래졌어 !!

물을 푸르게 하는 나무
그래서 물푸레나무라고 한답니다

물푸레나무 가지가 물을 푸르게 물들인다면
그건 물푸레나무가 물에 변화를 준 것이거든요

저는 그렇게 생각합니다
관계는 변화를 기대하니까요

물푸레나무는 물과 친해지면서
자신의 푸른 마음을 물에게 준 것이지요

그 푸른 마음이 물에다가 좋은 변화를 준 것이 분명합니다
나쁜 변화라면 물이 푸르게 물들지는 않았겠지요

물푸레나무는 푸른 마음도 원래
물에게서 받았다는 걸 잘 알고 있었을 겁니다

네게 받았던
마음이야
나도 너에게
주고 싶어..!
고마워

그래서 물을 다시 푸르게 변화시키고 싶었던 것 같아요

물도 물푸레나무와 좋은 관계를 가지고자 애를 쓴 것이 분명합니다

관계라는 것은 그런 것이니까요

나는 누구에겐가
그런 변화를 줄 수 있는 관계가 될까 생각해봅니다

수많은 관계와 관계 속에서 살아가고

오늘도 많은 관계들과 스쳤지만

나는 어떤 사람에게 한 번이라도
푸른 변화를 줄 수 있는 좋은 관계를 맺은 적이 있었는지

내게 물어봅니다

그러므로 물푸레나무는 나보다도 낫지요

물푸레나무, 물을 푸르게 물들게 하는 나무
참 이름값하는 나무입니다

마음이라는 섬

그대라는 섬에 가닿는 방법

우리의 마음은 다 섬입니다

그 섬에 가닿으려면
그곳까지의 물길을 알아야 하고

너울이 일면
잠시 숨을 고를 줄 알아야 하죠

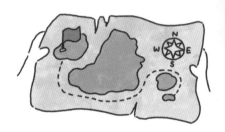

바람의 방향으로 돛을 올리고 노를 저으며
바람이 넘기는 파도를 헤쳐나갈 정도는 되어야만

그 섬 어느 어귀쯤 겨우 발목을 적실 수 있습니다

사람의 마음을 얻는 것이 그리 쉬운 일이 아니라는 것이지요

마음을 얻기 위해서는 먼저 내 마음부터 열어야 합니다

그의 마음의 섬에 닿으려면 내가 그만큼 아파야 하며

그가 지닌 어려움의 무게를 견뎌야 합니다

내 마음은 닫고서 그의 마음만 자꾸 열어보려고 하면
큰 파도가 일고 풍랑이 덮치고 비바람이 물길을 닫아버립니다

내가 그가 되어야 비로소 파도가 잠잠하고 물길이 열립니다

우리는 이것을 공감이라 부릅니다

소통하기 위해서는 공감이 필요하죠
공감은 마음의 섬에 닿을 수 있는 돛이 되고 노가 될 겁니다

마음들은 서로 소통하여 아픔은 나누어지고
상처 난 자리에 새 살이 돋을 겁니다

마음을 얻는다는 것은 우주를 얻는 것과 같은데

공감하는 마음만이 해낼 수 있습니다

마음의 섬들에 소통의 길을 낼 가장 중요한 열쇠는

바로 공감하는 마음입니다

사랑하는 마음

꽃이 핀 것보다 피기 전이 안쓰러운 이유

떠나는 기차에서

자주 뒤를 돌아보게 된다면

누군가를
사랑하고 있다는 뜻입니다

마음을 뒤에 두고는 앞으로 가지지가 않죠

떠나와도 늘 그렁그렁 눈물로 밟힌다면

사랑하고 있다는 뜻입니다

내 생각은 있는 듯 없는 듯

오직 그 사람 생각만 난다면

그건 그 사람을 진정으로

사랑하고 있기 때문입니다

꽃이 핀 것보다

꽃 피기 전의
눈보라와 서리가 먼저 생각나서 안쓰럽다면

그건 사랑을 알고 있다는 뜻입니다

수많은 말들이
공중에 흩어져 소란스러워도

오직 그 사람 목소리만 들린다면

당연히 사랑하고 있기 때문입니다

그 사람이 아니고서야

추억의 반쪽이 맞아 들어가지 않는다면

그 사람을 사랑하는 겁니다

안개가 앞을 막아
사방 분간이 어려워도

그 사람 집 찾아가는 길만은 훤하다면

그를 사랑하는 것이 분명합니다

굳이 골목길을 돌아
그 사람 집 앞을 자주 지나가게 된다면

우연이 아닙니다

만약 집 앞 먼발치에서부터
설렌다면

두근 두근

그를 사랑하는 겁니다

아무리

채워도

채워지지 않는

마음의 빈 곳이 있다면 그건

누군가를 사랑하고 있다는 증거입니다

커다랗게 뚫린 마음의 빈 곳에
사람 하나 산다고 생각이 들면

그건 사랑하기 때문입니다

누군가를 사랑하고 있다면

가을밤의 귀뚜라미가

밤새워 운다는 것도 알게 될 것입니다

누군가를 마음으로 가만히 불러보았을 때

가슴이 두근거린다면

그건 사랑하고 있다는 뜻입니다

그 많은 사람들 속에 있어도

혼자 외롭거든

그건 사랑하고 있기 때문입니다

그대라는 물결에 가로막힌

섬에 갇혀버린 겁니다

바람에 펄럭이는 플라타너스 이파리가

나에게만 손을 흔든다면

헤헤

나무가
손을 흔드네

그것은 사랑하고 있기 때문입니다

비옷도 없이 쏟아지는 빗속으로 걸어가고 싶어진다면

그건 사랑하고 있기 때문입니다

그가 떠나고 나서

까닭 없이 신열이 올라

한 사나흘 푹 자고 나면
가뿐할 줄 알았다면

그건 큰 오산입니다

사랑병을 앓고 있는 것이므로

꽤 오래 갑니다

사랑이라는 말이 너무 쉬워서
물미역처럼 쉽게 입 밖으로 미끄러져 나온다면

사랑을 해 본 적이 없다는 뜻입니다

사랑이라는 말이 너무 독해서
입 밖으로 꺼내기조차 싫다면

그것은 사랑에 가슴을 데여봤기 때문입니다

사랑하는 마음은
감출 수 없는 것이 당연합니다

마음의 힘

받는 것보다 주는 게 더 행복할 때

엄마 배 속에서 툭
아기의 작은 발길질을 부드럽게 쓰다듬는 엄마의 손길에서
아기는 '이것'을 느껴요

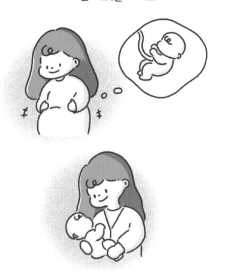

아기가 품 안에 안길 때 엄마의 행복한 미소만으로도
'이것'은 가득 전해집니다

이때의 '이것'은
아이의 평생을 지탱하는 힘이 됩니다

첫 발 옮길 때 지켜보는 사람들의 '이것'은
아이가 두려워도 땅 위에 발을 디디고 서게 해요

넘어져도 다시 일어설 수 있는 것도 '이것'이 주는 용기입니다

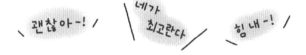

그래서 아이 하나를 키우기 위해서는
온 마을 사람들의 '이것'이 필요하다고 하는가 봅니다

꽃에게는 물, 새에게는 하늘이 필요하듯

아이가 건강하게 자라려면
'이것'은 너무나 중요한 자양분입니다

다 내 거야

하나만...

'이것'을 받지 못하고 자란다면
욕심이 많아지거나 배려심이 부족하거나
무엇이 달라도 다릅니다

'이것'은 물이 흐르듯 골고루 전해져야 합니다

어린 나무에겐 햇볕과도 같은 '이것'은
많이 받으면 거만해지고 적게 받으면 메말라버립니다

'이것'은 마음의 에너지입니다

'이것'을 품고 있는 사람은
마음이 편안하고 안정되며
스스로를 믿습니다

'이것'이 부족한 사람은
편안하지 못하고 공격적이거나
불만도 많아집니다

'이것'이 사라진 빈 공간에는
나쁜 것들로 채워지게 됩니다

'이것'의 힘은 대단합니다

'이것'은 시를 짓기도 하고
음악을 만들기도 하고
거대한 건축물도 만들어냅니다

반대로 '이것'의 힘이 없다면
어떤 아름다운 창작도 이루어지지 않습니다

'이것'은 돈이나 권력으로 살 수 없고

노력한다고 얻어지는 것도 아닙니다

그러나 '이것'을 가지는 것이 그리 어려운 일은 아닙니다
누구에게나 자연스럽게 생기는 풍족한 것이기도 합니다

'이것'을 받아 본 사람이라면
자연스럽게 그 마음 속에 깃들어 있습니다

마음 속에 자연히 생기는 '이것'은
받는 것보다 주는 것이 더 행복합니다

'이것'은 마음을 만드는 조각가입니다

많은 마음의 병들이 '이것'이 부족하거나 지나쳐서 생깁니다

'이것'을 받은 적이 없거나 부족하거나 빼앗겨버리면
마음의 병이 옵니다

마음을 치료한다는 것은
'이것'이 다시 생겨나게 도와주는 것이기도 합니다

마음이 이루어지기 위해서
'이것'은 처음이자 끝이라고 할 만큼 소중한 것입니다

'이것'은 어디에나 있으며, 있어야만 하는 산소와 같습니다

'이것'의 결핍이
많은 마음의 병을 일으키는 원인이 되기도 하지만

반대로 '이것'의 힘은
많은 병을 치유할 수 있는 능력이 되기도 합니다

그래서 '이것'은 위대한 것입니다

'이것'은 바로 '사랑'입니다

마음의 방어기전

내게는 안 보이고 당신에게만 보이는 것

오늘은 이솝우화 '여우와 신포도'로
방어기전을 이야기해보고 싶어요

우리는 살아가면서 많은 갈등들을 만나죠

다들 상처받지 않으려고 방어를 합니다

이때 사용하는 방어들은 다 다르고 독특해요
나를 보호하기 위해 사용하는 이런 다양한 방법들을 '방어기전'이라고 한답니다

성격은 이렇게 세 가지 요소로 구성이 되어 있는데요

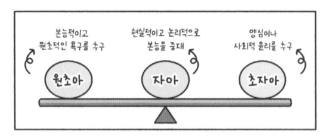

(자아는 원초아와 초자아 사이에 있는 약한 존재입니다)

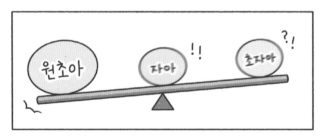

원초아의 욕구가 강해지면 약한 자아는
자기를 방어하기 위해 방어기전을 사용한답니다

그럼 이제 '여우와 신포도' 이야기를 함께 볼게요

지치고 목이 마른 여우가 있었어요
때마침 길가 포도나무에 탐스럽게 달린 포도송이를 발견했지요

여우의 본능이 발동했어요

오와, 먹음직스러운 포도다!
날 위해 준비된 것 같아
빨리 먹고 싶어!

그런데 포도가 달린 높이가 만만치 않았어요
여우의 짧은 다리로는 도무지 닿지 않았지요

" 내가 아무리 애를 써도 닿을 수가 없어
그니까 괜히 창피만 당하지 말고 포기해! "

여우의 초자아가 여우를 꾸짖었어요

여우의 자아가 괴로워졌어요
짧은 다리 탓인 걸 인정하려니 마음에 상처가 될 것 같았지요

그래서 상처받기 싫은 여우는 어떻게 방어를 했을까요?

우리 모두 알다시피 이 여우는

그래 저 포도는 분명히 실 거야!

이렇게 생각을 해버립니다

짧은 다리 탓에 '못' 먹는 것이 아니라 포도가 시어서 '안' 먹는 것이 되니까
여우는 상처 없이 맘이 편해져요

이 방어를 우리는 합리화라고 해요

원하는 것을 얻지 못했을 때
'그럴듯한 이유'로 포장해버리는 방어기전이죠

만약 이 여우가

대체 누가 저 높은 곳에 포도를 열리게 한 거야?!
나를 괴롭히려고 그런 게 분명해

라고 생각했다면

과연 어떤 방어를 한 것일까요?

바로 '투사'라는 방어기전이에요

쉽게 말해 남의 탓으로 돌리는 것이죠
그럼 자기 책임은 없어지잖아요

이런 성격은 충분한 근거도 없이
주변인들을 의심하고 악의 없는 상대방의 말을
자신을 위협하는 말이라고 받아들이기도 해요

다른 사람들이 늘 자신을 관찰하고 있다고 믿기도 하죠

지금 나한테 욕한거지?

무슨 소리야
그런적 없어...

이런 방어기전은 편집성 성격을 만들어내고
피해망상이 올 수 있어요

이번엔 여우가
남을 해롭게 할 생각에
자기 배고픈 것도 잊어버린다면?

저 포도 난 못먹는데 남 주기도 아까워...
아무도 못먹게 나무 밑에 함정을 파두어야지

이쯤 되면 이 여우에게는 현실을 일깨워주고 도덕적 가치를 추구하는
초자아의 힘이 이미 없어지고 만 것이에요

자신의 권리만 중요하고
남의 입장이나 도덕적 가치, 사회적 규범 같은 것은 지킬 마음도 없어요

사회적 문제를 많이 일으키는 성격이지요

이런 성격을 '반사회적 성격'이라고 불러요

그럼 여우가

내 짧은 다리가 안타까워
그치만 내가 더 노력하면 언젠간 닿을 수 있겠지!
포도 탓은 아니니까

라고 스스로 다짐한다면

'승화'라는 아주 건강하고 성숙한 방어기전을 사용한 겁니다

강한 욕구를 병적인 방향이 아니라
건강하게 대체하는 방법이에요

이렇듯 방어기전에 따라 각자의 성격이 만들어집니다

방어기전은 본인 눈에는 잘 보이지 않아요
하지만 남의 눈엔 잘 보이죠

감출 수가 없다는 뜻이에요

갈등이 생길 때 내가 어떤 방어기전을 사용하는지 알 수 있다면
좋을 텐데 그게 참 어렵죠

내 마음을 살펴 맘 속의 병적인 방어기전을
성숙하고 건강한 방어기전으로 바꾸려고 노력한다면
우리는 좀 더 어른스러워지는 것이지요

이것이 자기 성장을 위한 노력입니다

마음의 구조

우리들 마음은 어떻게 생겼을까

어릴 적부터 친구였던 A와 B는
건강하게 잘 자라 청년이 되었습니다

둘은 청운의 꿈을 안고
한양으로 과거 길을
떠났습니다

먼 길을 가다보니
노자돈도 떨어지고
배는 고파졌는데
마침 외딴 주막집이
나타났습니다

맛있는 냄새에 이끌려 들어온 주막집 마루에는 진수성찬이 차려져 있었습니다

그런데 음식의 주인인 주모가 안 보이는 겁니다

A는 잠시 갈등을 하다가 자리에 앉아 편히 먹고
부른 배로 길을 떠납니다
본능과 쉽게 타협을 해버린 거죠

배가 너무고파...
일단 먹자...!
주인이 나타나면
그때 사과하지 뭐
이게 웬 떡이냐

그런데 B는 먹지 못합니다
단호하게 밀어내고는 결국 주린 배로 괴롭게 길을 나섭니다
본능을 강하게 억눌러 타협하지 않았죠

배가 고프다고
주인도 없는 음식을
어찌 내 마음대로···
잠시 유혹에 빠질 뻔한
나는 나빠!

A와 B의 반응은 너무나 달랐어요
왜 이렇게 다를까요?

마음의 구조가 다르기 때문입니다

A의 마음은 편합니다
그러나 주변 사람들은 불편하지요

반면 주변 사람들은 B를 칭찬하지만
정작 B는 늘 괴롭습니다

마음의 구조가 달라서 나타나는 모습이 바로 그 사람의 성격이 됩니다
그 성격은 쉽게 바뀌지 않기에 사람도 쉽게 변하지 않죠

자신의 성격을 안다는 것은 참 어려워요

A와 B 사이 그 어디쯤 존재하는 내 성격을 알고자 애쓰는 것
그것이 바로 마음을 성장시키려는 노력입니다

마음의 길

나보다 늘 한 발 앞서 걷고 있는 그대여

길을 걷습니다
인생의 길을 걷습니다

마음이 따라 걷습니다

처음의 길들은 여러 갈래였습니다

길들은 다 달라 보이고
길마다 따라 걷고 싶었습니다

길에서 사는 것을 배우고 싶었습니다

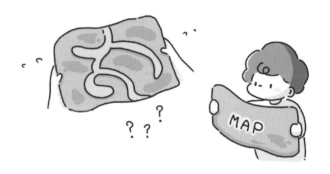

그러나 모든 길은 다 낯설고 두려웠습니다

모든 길이 다 처음 길이었습니다

처음 길은 용기였습니다

길은 항상 나보다 한 발자국 먼저 가 있었습니다

길이 나를 이끌었지
내가 길을 앞서간 적은 없었습니다

그러나 길은 한 번도
나를 버린 적이 없었습니다

훗날 알았습니다

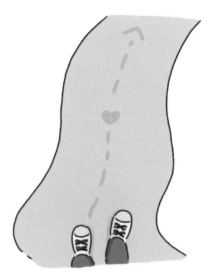

걷는 자는 자기 길을
받아들일 수밖에 없다는 것을

모든 길은 다 이어져 있습니다

수갈래 길들이 만났다가 헤어지고 어긋났다가 따라옵니다

그 길에서 얼마나 많은 천둥과 눈보라, 그리고 무서리를 만났는지요

때론 두려움에 숨고 싶었지만
길에서 이들을 피할 수는 없었습니다

온몸으로 받았습니다

눈보라 끝에 봄 아지랑이를, 천둥과 무서리 지나고서야
가득 찬 가을 들판을 만날 수 있었습니다

마음이 커갔습니다

어떤 길들은 굽어 있었습니다

그러나 중요한 것들은 굽은 길에서 이루어졌습니다

발뒤꿈치 들어야 하는 첫사랑의 입맞춤도

마음을 베이고 돌아서는 서러운 이별도

굽은 골목길에서 일어났습니다

곧고 넓은 길은 모퉁이가 없었고 설렘도 없었습니다

굽은 길이 아름답다는 것을 알게 되었습니다

덕분에 마음은 많이 배웠습니다

마음에 드는 길을
천천히 걸어 볼 수는 있어도

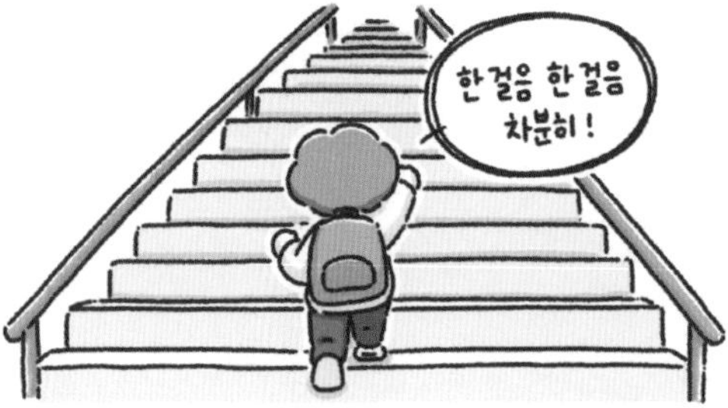

길을 건너뛸 수는 없었습니다

길을 뛰어간들
먼 산이 갑자기 확 다가오는 것이 아님을 깨달았습니다

아무리 요령껏 언저리를 걸어도

지름길은 없다는 것도 배웠습니다

내가 할 수 있는 것과
아무리 애를 써도 할 수 없는 것을 분간할 무렵이 되어서야

비로소 제법 긴 길을 걸어온 것을 알게 되었습니다

길에서 돌부리에 걸려 넘어진다면

당장 일어나기보다는
바닥에 귀를 대고 가만히 있을 일입니다

길이 꼭 안고 토닥토닥 위로해줄 겁니다

사람이 길을 탓했지
길은 사람을 탓하지 않았습니다

당신 마음이 꾹 닫혀 길을 탓해도
길은 늘 넘어진 당신을 받아주었습니다

길은 늘 열려 있습니다

먼 길을 걸어왔지만 아직도 길에서 길을 묻습니다

먼저 간 이들은 이 길이 맞다고 길은 하나뿐이라고 말들 하지만

그러나 나는 외길에서 헤맵니다

그렇게 긴 길을 걸어왔어도
길에서 또 길을 잃습니다

길을 먼저 알고 가는 이는 없다는 것을
그제야 알게 되었습니다

길은 받아들이는 자의 몫이라는 것도
어렴풋이 느낍니다

길을 믿고 가볼까!

처음에는 여러 갈래의 길이었어도
앞으로 갈수록 한 줄기로 모입니다

결국 나는 여기까지 왔고
나를 데리고 온 길은 여전히 그 자리에서 말이 없습니다

길은 그저 그 자리입니다

"아직 더 가야하네"

그러나 나는 아직 길 끝에 다다르지 않았습니다

지나온 길들은 표식이 없었고

앞으로의 길은 또 얼마나 걸어야 하는지
이정표가 없습니다

그러나 걸을수록
모든 길은 옳다는 것을 알게 됩니다

마음은 고개를 숙입니다

얼마나 더 가야하는지는 모르겠지만 더 가볼래

끝날 것 같지 않은 길을 따라
이제는 조용히 흘러갈 수 있을 것 같습니다

다행히 찬란한 노을이 그 배경이 되어줍니다
비로소 마음이 잘 익어갑니다

마음생각

내 마음의 비밀 16가지

1판 1쇄 펴낸 날 2024년 5월 17일
1판 2쇄 펴낸 날 2024년 5월 27일

지은이 곽호순
그린이 봄울
펴낸이 김완준

펴낸곳 모악

출판등록 2016년 1월 21일 제2016-000004호.
이메일 moakbooks@daum.net

ISBN 979-11-88071-67-8 03810

* 물개는 모악의 임프린트입니다.
* 이 책의 내용을 재사용하려면 모악의 서면 동의를 받아야 합니다.

값 18,000원